KB076957

숲의 나무들이 잠깐 흔들렸다

人人
사
십
편
시
선

036 김동경 시집

숲의 나무들이 잠깐 흔들렸다

2021년 7월 25일 제1판 제1쇄 발행

지은이	김동경
펴낸이	강봉구

펴낸곳	작은숲출판사
등록번호	제406-2013-000081호
주소	10880 경기도 파주시 신촌로 21-30(신촌동)
전화	070-4067-8560
팩스	0505-499-8560
홈페이지	http://www.littleforestpublish.co.kr
이메일	littlef2010@daum.net

© 김동경

ISBN 979-11-6035-111-8   03810
값은 뒤표지에 있습니다.

※이 책은 저작권법에 따라 보호받는 저작물이므로 무단 전재와 무단 복제를 금합니다.
※이 책의 전부 또는 일부를 이용하려면 반드시 저작권자와 작은숲출판사의 동의를 받아야 합니다.

숲의 나무들이 잠깐 흔들렸다

김동경 시집

작은숲

내 詩는 칼국수다. 밥은 아니다. 스테이크 같은 건 더더욱 아니다. 세상
에는 수많은 칼국숫집이 있어서 맛난 칼국수를 만들어 판다. 집마다 사
용하는 재료는 사실 거의 비슷할 텐데 어느 집의 칼국수는 환장하게 맛
있는가 하면 어느 집은 이걸 칼국수라고 끓였을까 싶을 정도로 실망스
러운 집도 있다. 바지락이며, 새우, 홍합, 낙지, 버섯, 애호박 등등 다양
한 부재료를 넣어서 맛을 내는 집도 있고, 곁들여 먹는 열무김치가 일
년 내내 변함없이 맛있어서 국수의 맛을 살리는 집도 있지만 원재료인
밀가루를 반죽해서 국물에 끓여내는 그 기본 조리법은 공통적이다. 그
런데도 어느 칼국수는 정말 맛있어서 몇 년 지나 먹게 되더라도 항상 그
맛을 보여주어 먹는 내내 행복감을 느끼기도 한다. 경험에 의하자면 행
복한 최고의 칼국수는 어릴 때 엄니가 손수 반죽하여 두루 접은 뒤 도
마 위에서 칼로 두툼하게 서걱서걱 썰어서 끓여주신 칼국수가 세상에
서 가장 맛있는 칼국수가 아니었을까 싶다.

내 詩도 세상의 수많은 칼국수쯤의 하나일 것이다. 내 칼국수에 엄니가

끓여주신 행복했던 그 맛이 조금이라도 담겨 있다면 꽤 괜찮을 텐데. 또 하나의 칼국수를 빚으면서 꿈꾼다. 사람들이 내 칼국수를 먹고 무언가 사는 게 이런 걸까 하고, 잠깐 신비한 맛을 느끼게 된다면 반죽을 빚고 끓여낸 자의 큰 기쁨이라고.

이제는 더 이상 먹을 수 없는 엄니의 칼국수가 그립다.

2021년 5월 잔다리 사무실에서

김동경

| 차례 |

어머니께 바칩니다.

제1부

슬픔이 아무리 작아도

봄, 꽃들을 위하여

푸른 하늘 배경으로
웨딩드레스 입은 신부처럼 서 있는 목련이나
생크림 케익 같은 먼 산 벚꽃들이나
논길 카펫으로 깔린 보라색 키 작은 야생화나
모두 외로움이구나
화사할수록 더욱 눈부신
외로움을 닮았구나
겨울 끝에 흘리는 눈물이구나
사랑을 모르는 이들에게
간절한 절규로 사랑을 기억하라는
서러운 울음이구나
외로움을 감추려고 눈부신 거구나
그래서 봄꽃은 모두 외롭게
누가 봐주지 않아도
피었다 지는구나

6월 장미

새 아침 세상이 눈을
동그랗게 떴습니다
사랑은 눈을
동그랗게 뜨고
당신을 바라보는 것입니다
밤새워 붉게
충혈된 그리움이
아침 담장을
퐁퐁 뛰어 넘어
당신에게 숨가쁘게
달음박질 치고 있습니다

마른 장마

비 없는 장마는
장마가 아니다
세상은 어둡고
비를 머금은 하늘
까마득한 신호
멀리서 소문처럼 우릉거린들
변죽만을 울리는
변색된 뇌성으로는
지친 그리움의 발목을
적실 수는 없다

5월 아침

아카시아 향기를
고봉으로 담고
걷어 말려놓은
안개를 한 줌
사라지기 전의 순도 높은
이슬도 몇 방울 톡톡
윙윙대는 벌소리도 뿌리고
햇살 부딪는 초록을 버무려
새 소리의 상큼한 아양에
순한 바람의 결을 곱게 묻힌
계절이 차린 절정의 성찬을
한 숨 커다랗게 떠서
먹는다 황홀하게

다시 망초를 위하여

미안하다
오랫동안 네 슬픔을
돌아보지 못하였구나.

슬픔은 아무리 작아도
쉽게 사라지지 않는 것을.

저기 하지 지나
쏟아져 부서지는
유릿살 햇볕 아래
하얗고 작은 슬픔들
다시 지천으로 깔려
소리도 못내고
울고 있는 것을.

옆에 있어도
손차양하고 멀리
바라다보며 말 잊은 채
그저 서 있기만 할 뿐

슬픔의 소리를 함께 들을 수 없는 이
불행하여라.

슬픔에 침묵한 시간의 댓가로
하얀 망초로 서서
결국 혼자 흔들리게 되리라고
돌아서며 되뇌인다.

나를 용서하지 마라
미안하다.

수선화를 심으며

투덕투덕 가을을 덮다가
묵묵한 눈물같은 뿌리 하나
가만히 들여다 보면
잔뜩 웅크린 몸뚱이 안으로
구석구석 앙크랗게 뭉쳐져
낮엔 허벅지 부근에 머무르다
저녁이 되면 갈비뼈 부근을 찌르고
밤이 되면 윗가슴 쪽으로 올라와
어두운 울음이 되는
담 같은 고통이
온몸에 조용한 신열身熱로 끓고 있어
너를 다루는 섣부른 손길은 두렵다.

너에게서 그가 빠져나갈 때
봄이 온다는 것을,
치유되지 않는 침묵이

빛나는 고독이 될 때
비로소 꽃으로 핀다는 것을
아직 뿌리는 모른다.

봄, 그 화사한 운명을 위해
수선화 그 이름으로
겨울을 향해 들어가라고
조심조심 계절을 덮는다.

장마

보고싶다고 했을 때
비 듣는 숲의 나무들이 잠깐
흔들리는 것 같았다.

정말 보고싶다고 했을 때
흐르던 먹장구름 잠깐
멈추는 것도 같았다.

쏟아지는 장대비 사이
우릉우릉 상처난 천둥처럼
입술 깨문 목소리로 외치면
들릴 것이다.
들릴 것이다.

암담한 그리움의 유형流刑

수만數萬의 천둥이 울고
그러다 여름이 가고
네 것이 아닌 가을이
툭, 올 것이다.

아아, 또 해가 가고
푸른 하늘 다시 눈물 그렁해지면
당신의 계절 속으로
더 간절히
천둥소리 먼 하늘 뚫고
들려 올 것이다.

방학, 여름

눈도 못 뜨게
부신 햇살로 버무린
유리의 줄기들을
얇게 벼려
아이들 없는
넓은 운동장을
조용히 채운다

9월 국화

풀은 커녕 어떤 식물도 키워본 적 없는 내가 꽃, 그것도 국화를 두 해씩이나 꽃을 피우게 했다는 일은 참 놀라운 일이지 학교 현관 앞 화분에 심겨져 가으내 향기를 주고는 꽃은 시들고 줄기는 메말라 역할 마쳤으니 버려지려던 국화 뿌리 거두어 우리집 담장 옆에 묻고는 그저 쿡쿡 밟아 놓았을 뿐인데, 그렇게 가물어도 물 한 번 준 적 없는데, 여지없이 가을이 되려 하니 저렇게 노오란 꽃송이 성탄절 꼬마전구처럼 달았으니 참 신기한 일이지 그런데 서리 내리기도 전에 무엇이 급해 저리 꽃을 피웠나 싶어 자세히 들여다보니 탁구공만 해야 할 꽃송이가 엄지손톱만 하더군 꽃은 메마른 땅에서 대가 끊길까 두려워 서둘러 꽃송이를 단 모양일까 꽃을 심었으면 꽃답게 꽃을 피우도록 도왔어야 할 일을 제대로 한 적 없으면서도 꽃 자랑만 하였네 그러고 보면 내가 꽃을 피우게 한 것이 아니라 꽃이 제 스스로 꽃을 피운 것인데 내가 심어 국화꽃을 보았다고 자랑하는 내 낯빛은 메마른 흙빛이네 부서진 별똥처럼 초롱한 꽃

송이 제대로 쳐다도 못보고 향기에 아득해져 무심히도 파
랗게 높아가는 하늘만 보네

시월

쉰다섯 같은,
세월의 서늘한 그늘이 생겼다는 것.
모기처럼 집요하게 달라붙던
9월의 뜨거운 욕정의 기운들 시들어
생기는 사라지고,
버석거리는 잎새들의
두려운 웅성거림이
죽음을 이야기하는 시든 정원.
이르게 내리는 땅거미로
세상은 한층 우울해지는,
너의 기억도 희미해지고
그리움의 문을 닫아야 하는
한 해의 오후.

절창絶唱

봄의 꽃들은
왜 저렇게 빨리 질까
슬픈 노래는
왜 저리 빠르게 끝나는 걸까.

눈부신 꽃망울
잠깐 보여준 듯 싶더니
눈길 머물 틈도 없이
숨결 느낄 기회조차 주지 않은 채
가뭇없이 바람에 실려
날아가 버리네.

꽃이 빨리 지는 것은
그리움 하나 매다느라
온 힘을 다 썼기 때문이야.

숨 막히던 간절함
고운 자태로 맺혀
절정의 순간 언제였는지
아쉬울 것 없다 사라지는
아무도 없는
어두운 4월.

다시 이는 바람에
누구도 불러본 적 없는
목숨 걸었던 노래들이
뿌연 하늘 아래
그렁그렁 내리고 있네.

낙화

꽃 잘 봤느냐
저기 눈 내린 길보다 더 시리게
이제는 마음 속 꽃길로
그 이가 간다
아픈 그 이가 간다
계절의 황홀을 추락시키는
바람의 손길로
어쩔 수 없이
내년을 기약하며
그 이가 간다
아직 애써 달린 꽃
또 지는 꽃송이
눈물로 보아야 하느니
꽃 잘 봤느냐
하면서 하면서
바람에 실려

그대 눈길에 실려

계절이 사라져 간다

더 이상 기쁠 수 없는 순간

봄이 죽는다

능소화

당신을 사랑하게 되어
매일 아침 눈뜨며
포근한 품에 안겨
행복에 겨워 몸은 떨리더라도
입 맞추긴
싫어요

내 입술이 당신이 주는
묘약을 맛보고
드디어 연분홍 언약의 절정이
감격의 눈물로 매달렸다가
기약 없는 내일을 잡으려
뚝뚝 떨어질
그 날의 추락을 감당하긴
싫어요

바닥에 떨어져

고운 날의 사랑은 사라지고

더운 당신의 입김은 시들어

온몸을 웅크리고 어두운 저녁을

지방紙榜 태우듯 오그라들며 맞이하는

서러운 내 운명을

바라보긴

싫어요

가을이 그렇게 오네

곁에 없는 것들
추억하노라면
대개는 아프지.
사라져버린 것들의 향기와,
그것들이 만들어낸
시간의 결을 더듬는 것은
바람 부는 저녁의 노을같이
가끔 쓸쓸하기도 하지.
손짓 하나로 바람을 부르던*
빛나던 날들은
언제 그렇게 우리를 떠났을까.
서걱거리는 일상으로
한철 서성이다
지친 발길에 저벽 밟히는
이 지독한 생의 앙상함이여.

반추하는 눈부신 초록의 시간만이

반짝

당신의 눈을 빛내고 있네.

* 류현철 시 〈그리운 초록〉의 구절

서리 내린 날

노랗게 물들기도 전
은행나무 초록 이파리들이
무참히 후두둑후두둑
아침 댓바람에 떨어진다.
살다가 어쩌다
물들고 준비하기 전
저렇게 떨어져 끝나버리는
비탄의 순간이 있을 수 있다는
차가운 공포가
철퇴처럼 내린다.
그때 무엇을 기억하게 될까
바닥까지 실어다 준
바람의 무정함 혹은
아직 매달린 잎들이 보여주는
배신의 안도감 같은 것들일까
아니면 옆에 누운 잎의

움켜진 주먹같은 각오일까
어설픈 신탁神託같은 이른 서리에
은행나무 굵은 기둥 주변
절명한 초록의 비명들이
억울함으로 뒹굴고 있다.

추상秋想

모든 가을의 풀들이
서걱대는 것은
이별 때문이다
메말라가는 11월의 풀들이
버석거리며 뒤척이는 것은
이 가을 헤어짐의 아픔을
기억으로 새기고 있기 때문이다
가을은 이별을 껴안는 시간
눈물도 말라버린 계절이
앙상한 손가락을 비비며
멀어지기 싫어 드리는
기도소리가
온 들녘을 향해
고해성사를 하고 있다

冬至

이렇게 겨울이 끝이라고
이제 이날 이후로
점점 밤은 짧아지고
따뜻한 날이 다가오기 시작하는 거라고
생의 모든 것들이
동지冬至처럼
딱 정해져 있다면
얼마나 좋을까.

당신을 덮던 어둠이 짧아진다고
슬픔도 점점 걷혀진다고
그리움으로 목 메이던 날이
장마끝 먹구름 걷히듯 사라진다고
이제 점점 당신은 내 것이 된다고
그렇게 딱, 분명히 정해져 있다면
얼마나 좋을까.

하지만

그러다 낮이 가장 긴 날 오면

그 다음엔

또 밤이 길어지겠지.

메리 크리스마스네요

하루가 저물 무렵이거나
어느 계절이 끝나갈 무렵쯤
그 시간들을 어떻게 보냈을까
일기라도 쓴다면
그때 그렇게 그렇게 맞춰지는
기억의 조각들은
특별할 것도 없이
나를 팽개치고 갔겠지

그러고 보면 어제가 고민하지 않았어도
오늘의 끼니가 되더군
그렇게 그렇게 하루를 다듬어
내일의 밥을 만드는
분주한 손길의 고단함을
기억하려 애쓰면
가끔 새로운 순간은

눈부시게 나타나 주기도 할까

자랑할 것도 없이
지독하게 평범할 내일 그 어느 날에
오늘보다 조금은 나아간
나를 만난다는 꿈은
깨지지 말아야 할 눈물겨운 신화
간직하고픈 지겨운 신앙이겠지
그렇게 그렇게
그래도 가끔은 새롭기 위하여

메리 크리스마스

새로 지피는 아침

사람들 해넘는다고
정동진으로 호미곶으로
새 마음 맞으러
뭉쳐서 떠난다.

당신의 해는
어디에서도 뜬다.

한 해 저물고 제야의 밤은 깊어
고단했던 일 년이 모두 모인다.
청솔가지 타는
지독한 연기 같던 시간의 무게
가슴에 새기는 사람에게
새로운 해는 다가드는 것.

살다보면 희망하거나

소망할 필요도 없이
당연해야 할 어떤 것 있어라.
맞으려 애쓰지 않아도
모든 이에게 해는 뜨는 법.

내일 새 해 아침
소박한 아침일망정
사랑하는 사람 더불어
더운 밥상 마주할 때
따뜻한 당신의 창문 저 멀리
소담스럽게
동녘 곱게 붉어 오리니.

다시 꿈꾸는 불씨 하나
오롯이 지피는 아침
그 때 당신도

진정 고운 해 하나
가슴에 담을 수 있으리.

첫눈이거나 혹은,

　첫눈이라는 표현이 맞을까 올해 처음 내린 눈이라고 해
야 맞을까 눈송이로 내리긴 커녕 싸락눈 몇 개 떨어지다
말았는데 눈이 왔다고는 해야 할까 첫눈 내리는 날 만나자
고 약속한 연인끼리 싸락눈 몇 개 떨어진 날 만나러 나가
야하나 말아야하냐고 누구는 묻고 서울에 첫눈이 내렸다
고 말하려면 종로구 송월동 기상관측소에 근무하는 직원
이 그것도 육안으로 눈발을 확인해야 첫눈이라고 혹은 당
신의 첫눈이 내 첫눈이기 위해서는 관측되는 곳에 함께 있
어야 서로의 첫눈이라고 친절한 설명까지 해주는데 작년
재작년에도 내렸고 올 해도 내리는 것이런만 왜 사람들은
첫눈이라고 말하고 싶어 안달이 날까 적어도 세상 생기고
처음 내린 눈이거나 아니면 당신 그리움의 영토에 영혼의
떨림으로 소복히 쌓여 생애 처음 만난 눈이어야 첫눈인 게
지 그저 눈발 몇 송이이거나 많이 봐줘서 퍼붓는다고 한
들 이미 예전에 고장난 내 그리움의 관측소는 첫눈이라 말
하긴 틀려버린 심사인 것을 네 첫눈이 나의 첫눈이기 위

해서는 그리움의 땅에 함께 있어야 첫눈이 되는 것을 서
둘러온 11월 아무날 교통정체의 퇴근 길 아나운서 낭랑한
첫눈에 관한 추억의 멘트를 시비삼다가 첫눈은 커녕 벌써
다 녹아 사라졌다고 차창 밖 어둡게 내려앉는 하늘에 혹
시 날리는 눈송이 있을까 머물던 눈길은 늙은 저녁 어스
름으로 사라지고

제2부

비석의 촉감은 따뜻한데

벌초를 하면서

어제는 아부지 산소 무성히 자란 머리 이쁘게 깎아드렸습니다. 단정해진 봉분이 생전에 추석이면 이발소에 다녀오서 청년 같아 보이던 아부지를 닮았습니다. 일 년 중 가장 부자였던 부엌 부침개 기름 냄새 어린 형제들 목소리 젊은 아부지 포마드 냄새가 소나무 숲을 지나 불어오는 송편 냄새에 섞여 있었습니다. 봉분을 다 깎고 발치 아래 자라나 앞산 풍경 가로막는 대나무를 자릅니다. 대숲은 휘두르는 낫의 서슬을 견디려 팽팽히 버티어 봅니다. 몇 해 전 큰 형님 잘라놓은 대나무 밑둥 드문드문 솟아 있습니다. 발로 툭 치니 힘없이 부서집니다. 검게 무너지는 썩은 대줄기가 말기암 형의 말랐던 다리 같습니다. 갑자기 눈앞이 흐려져 낫질이 헛나갑니다. 베어져 쓰러지는 대나무 줄기 신음도 없이 넘어지는데 죽창처럼 솟아있는 목숨의 끝줄기에서 퍼런 눈물이 솟구쳐 나를 찌릅니다. 옆에 서있는 대나무들 누워있는 대나무 아프게 바라보다 울음 터지는 듯 갑자기 대숲이 우수수 떨었습니다. 서늘한 슬픔이 숲을 뒤덮어 먹먹해진 대숲에 주저앉아 대나무들 푸른 목 메임에 몸의 솜털까지 곧추 섭니다. 예초기 진동에 아부지 께 올리는 술잔 든 팔, 수전증 환자인양 파들파들 떨렸습 니다. 작년까지 아부지 기억하는 일로 흔들리더니 올해는 봉분도 없는 납골당 홀로 계신 형님 때문에 가슴이 파들거 립니다. 그대를 기억하는 일은 봉분 앞에 놓여 조용히 타 들어 가는 담배 연기를 바라보는 일입니다. 그대를 가슴에 묻는 것은 툭 베어져 어두운 대숲에 남겨진 대죽창의 눈물 에 찔리는 것입니다.

아부지 산소 위에 내리는 초가을 따가운 햇볕이, 형님 혼자 계신 깜깜한 납골당을 따뜻하게 했으면 좋겠다고, 어 두운 대숲에 갇혀 창살같은 대나무 사이로 아부지 봉분을 눈시게 바라보았습니다.

열쇠를 줍다

복도를 지나다
구석에 떨어진
작은 열쇠를 주웠다.

흔히 보기 어려운 모양의 열쇠는
어떤 자물쇠를 물고 있었을까.
자물쇠는 열쇠로 하여 존재하는 것을.
열쇠가 사라진 자물쇠는
어떻게 열쇠를 그리워 하고 있을까.

침묵으로 묶인 육신
전기傳記는 봉인당하고
비밀이 된 채
열릴 수 없는,
열 수 없게 된
무엇을 묶어두었을까.

낯선 곳에 던져져
미해결의 운명을 염려하는지
눈만 껌벅이는 작은 비밀의 결정.
가늠할 수 없는 생명 하나
점점 체온을 잃어가고 있다.

참새도 집을 짓는다

숲 옆에 집 짓고 살다 보니 희한한 일도 있더라구. 재작년 봄인가 거실 벽난로에 어떻게 들어왔는지 참새가 푸득거려 간신히 밖으로 내보낸 적 있었구면. 그런데 작년에는 두 번이나 벽난로 유리문을 닦더니 올해 들어서는 이틀이 멀다하고 난로에 갇히데. 엊그제는 두 마리가 한꺼번에 갇혀 유리에 매달리는 통에 이거 무언가 잘못됐구나 싶어 지붕 위 솟아난 연통을 자세히 관찰해 보았지. 연통 주변 참새떼 모여 앉아 연통 뚜껑과 기와를 오가면서 마당 서 있는 나를 내려보며 수다 떠는 폼새가 노련하기로 장난 아닌 듯싶더라니까. 지붕 올라 살펴보니 기왓장 아래로 참새집이 못되도 여덟아홉채는 넘게 지어져 있더라 그말이구면. 기왓장 힘들게 들쳐내고 이놈들 엊다가 집을 지어 씩씩대면서 잔가지 고운 풀에 깃털까지 섞어 지은 동그란 이쁜 집을 마구 걷어냈구면. 따가운 유월 햇볕 아래 부수고 치워버리다 보니 날씨 더워 땀 나는 건 별거 아닌디 TV에 나오는 멀쩡한 집 때려 부수는 철거반원 같은 느낌이 드는

게 이상한거. 지붕 옆 회화나무 가지에서 쩍쩍이며 안절부절 못하는 이놈들 집단 농성 때문은 뭐 아니었구 냉수라도 마실 요량으로 철거 작업 중단하고 마당으로 내려왔구먼. 걷어낸 참새집을 아내가 보고는 늘 궁금했는데 참새도 집을 짓는구나 하고 평생의 궁금함을 풀었다고 했지만 집을 짓는 것이 어디 참새뿐이었어. 이 세상 목숨 모두 아늑한 둥지를 갖고 싶겠지. 더 이상 연통에 안 빠지고 벽난로 유리문에 매달리는 일 없으려면 연통 끝에 철망을 둘러 막는 것이 낫겠다 싶어졌어. 에이 날도 덥고 허리도 아파 오고 철거 작업 힘들어 그만 해야겠다 함서 지붕 올려다보니 벌써 주택 신축을 궁리하는지 이놈들이 기와 밑을 분주히 들락거리더라구. 그러구 바라보니 녀석들의 치켜세운 꽁지가 밉지 않아 보이더라 이거구먼.

삶을 부분적으로나마 성찰하는 데 도움을 주는 접속사의 성향에 대한 분석적 고찰

〈그리고〉는 끝난 게 아니라 다시 무언가 시작될 거라는 기대감의 이름이야 그대가 어떤 절망적인 상황을 맞았다고 해도 얘를 만나면 다시 괜찮아 질거야 〈그러나〉는 아마 혈액형이 O형이 분명해 과단성을 지녔고 늘 뒤에 반전을 숨겨놓은 채 우리들에게 놀라움을 던져 주거나 당혹스러운 경이감을 안겨주는 매력을 지녔지 〈그래서〉는 맏형이나 큰누나와 같은 성품을 지녔어 항상 이해하고 껴안아 줄 준비가 되어있어서 그의 말에 가만히 귀기울이게 되지 〈그런데〉는 좀 까칠한 녀석 같아 만족을 모른 채 늘 불만스런 눈동자를 깜박이면서 나는 의견이 달라요라고 표정 짓고 있으니 말이야 〈그래도〉는 좀 눈여겨 볼 필요가 있는 것 같아 태어날 때 썩 좋은 조건을 갖고 태어난 것 같진 않지만 타고난 낙천적인 성품으로 언제나 긍정적으로 세상을 바라보려는 태도가 아주 괜찮은 편이지 〈그러면〉은 직업이 중개업을 하는 아버지 밑에서 자란 것 같아 얘와 친해지면 뭔가 항상 해답이 떠오르고 막혔던 문제는 실

마리가 풀리거나 흥정은 성사될 것 같다는 느낌이 들거든 〈그러므로〉는 제일 만사태평인 애인데 남들이 다 해놓고 나면 느즈막히 나타나서 세상 일이란게 바로 그런 거라고 결론짓지 아참 〈그나저나〉가 있긴 한데 앞뒤 맥락조차 살피려 들지 않고 상황만 강조해서 얼른 마무리 지으려 하는 성급한 태도는 좀 무책임한 것 같아 이 중에 내가 제일 좋아하는 애가 〈그리고〉야 무언가 시도했다가 실패하거나 사는 게 너무 힘들어 그만두고 싶어도 이 시간이 지나고 나면 또 무언가가 새로 준비되어 있다고 나를 부추기잖아 가끔 저 지치지 않는 끈질김이 지겹기도 하지만 사는 게 결국 끊임없이 무언가가 계속되는 속에서 견뎌내야 하는 거라고 애는 그걸 몸으로 보여주고 있으니 말이야

그리운 만찬

　내 몹시 아끼는 저녁 풍경 중의 하나가 퇴근하여 좋은 사람들하고 둘러앉아 지글지글 삼겹살 노릇하게 구워 상추에 고기 한 점 올리고 파채 척척 마늘 쌈장 듬뿍 찍어 안주 쌈 만들어 왼손에 쥐고 오른손으로는 쏘주 한 잔 들고 따뜻하게 잔 부딪혀 툭 한 번에 털어 마시고서는 볼이 비죽하도록 삼겹살 쌈을 입에 넣고 우물우물 씹으면서 그 오묘한 달콤함을 느낄 때 빈 속이 쏘주의 찌르르함으로 전율하는 순간인 것이지 잔 다시 채우고 고기 뒤집으며 기름 냄새 옷에 배도록 고소한 사는 얘기 나누다가 별 보고 손 흔들고 헤어져야 제대로 된 만찬을 누렸다고 그럴듯한 저녁 그림이 되는 거였지 근디 어쩌다 세상 듣도 보도 못한 코로나라는 역병이 온 세상을 마비시켜 사람들 모이면 안 된다 하고 둘러앉아 삼겹살에 쏘주 한 잔 먹어본 지 오래 되다 보니 이건 세상 사는 게 아닌 거 같다는 생각이 들다가 은근 부아까지 치밀다가 어디다 화를 내야 하는지 쏘주 생각이 더 간절해지는 퇴근 무렵이었구먼 헌데 5인 이상 사적 모임 금지 지침과 함께 뜬금 없이 내리는 3월 저녁 싸락눈은 눈발 새침하게 굵어지며 새학기 직원 환영식 고기 굽는 냄새는 해당사항 없다고 사그락사그락 멀끔히 사라져 가고 할 수 없이 삼겹살은 아껴둬야겠다 하다보니 공연히 억울해지는 저녁이더구먼 우리들의 삼겹살 만찬은 이러다 지쳐 어디선가 잊혀져 사라져버릴 것 같다는 말도 안되는 생각도 들고 말이지 불판에서 지글지글 익어가는 삼겹살 굽는 소리와 그대들의 목소리가 환청으로 들릴 정도로 허기진 저녁은 아닐성 싶었는데 말이여

유붕이자원방래하니불역낙호아

8월의 끝자락
네 무덤 앞에 앉으면
이 늦더위는 왜 오히려 창백할까.
봉분 앞 웅크리고 앉아
얌전히 볼을 따라 흘러내리는 땀은
불쑥 오한을 데려와 몸을 떨게 하고
구름 없는 하늘 저기
오늘도 말 없는 그대를 찾네.
미안하다 슬프다 힘들다 외롭다 보고싶다
다 부질없다고
네 손길인양 한 줄기 바람
슬쩍 어깨를 쓰다듬고 지나고,
산소 위 붙어 놓은 담배
시나브로 타들어가는 연기처럼
그저 하루를 태우다
그렇게 가는 거라고.

살아 그랬듯 한 잔 더 따라주는 걸로

위로가 될까 잔을 채우려

누워있는 머리부터 다리까지 술을 뿌린다.

안녕, 내년에도 술을 따르려면

아프지 않으리라

어설픈 다짐에 대한 대답인 듯

여름 저녁 비석의 촉감은 따뜻한데

돌아오는 길은

아직도 많이 머네.

울엄니 2
– 서울안과 대기실에서

며칠 전부터 흐린 눈

아예 안 보인다는

엄니 팔을 붙들고

서울안과 대기실에 앉는다

아래층 계단 입구부터 걸린

백내장 수술 전문병원이라는 현수막이

접수대 뒤에도 빨간 글씨로 붙어 있어

대기실을 꽉 채운 노인들

레이저로 쏜다는 수술 두려워

간호사 작은 손짓에

어린아이들처럼 얌전하다

어머님 이쪽으로 앉으실께요

신종 문법으로 등록될 간호사투 호출에

울엄니 검사대에 앉고

보호자께서는 어머니 머리를 잡아주실께요

저 희한한 어법은 누가 맨 처음 썼을까를
생각하다 번쩍
보호자라고 불린 사람이 나였음을 깨우친다
이제 내가 울엄니의 보호자구나
언제부터 내가 엄니의 보호자가 됐을까
아마 눈꺼풀 생기 잃어
줄 풀린 브라인드처럼
눈동자를 덮기 시작한
그때쯤이었을까
간호사 손가락 세워
엄니 눈앞에서 흔들어도 안 보이는
엄니 눈 시신경이 하나둘 고장나기 시작한
그때였을까
아무리 끌어올려도 다시 스르륵 눈을 덮는
엄니 눈꺼풀을 만지다
쌍거풀 수술을 해볼까

할 수는 있다더라 근데 자려고 해도 눈이 감기질 않는다
는구나 세상 무에 밤에도 눈뜨고 지켜볼 일이 있겠냐 근데
백내장은 아니겠지 그냥 니 좋아하는 무나물 채 썰 때 손
가락만 안 베면 되겠는디

　무슨 보호자란 놈이
　보호할 사람 눈 머는 줄 모르고
　뭘 보겠다고 돌아다닌 걸까
　눈은 제대로 뜨긴 한 걸까
　엄니 팔에 끌려 내려오는 계단
　울엄니 눈꺼풀 내려앉듯 자꾸 무너져
　엄니 힘든 거 핑계삼아
　주저앉을 수밖에 없었네

어머니

어머니,
황해도 옹진군 동강면 슬금리
거기 하늘은 어때요.
그렇게 그리워 하던 고향동네
이제 품안에 있나요.
아버지, 경자누나, 큰형이랑
봄날처럼 따뜻하게 껴안으셨죠.

어머니,
미안해요, 좀 더 편안하게, 좀 더 행복하게
이 세상 날들을 누리시도록 했어야 했는데
그러지 못한 저희들을 용서하세요.
이제 그곳은 노여움도 없고,
근심 걱정도 없는 세상이라고
꿈속에서라도 말씀해 주세요.

어머니,
어리석게도 속으로 되뇌기만 하고
고맙다는 말씀을 못 드렸네요.
우리를 이렇게 키워주시고
세상으로 뚜벅뚜벅 걸어갈 수 있게
평생 애써주셔서 감사합니다.

어머니,
한때는 퍽이나 고단했을 실향의 세월과
자식한테 내 보인 적 없는,
혼자서 감당하신 아픔의 시간들이
우리에게 부끄럽지 않은 삶을
살아가도록 하기 위해
어머니가 만들어 온
유산이었음을 잊지 않겠습니다.

어머니, 어머니
어머니가 가르쳐 주신대로
어머니의 자랑이 되도록
서로 아끼며 잘 살겠습니다.
거기 평안한 나라 천국에서
흐뭇하게 지켜봐 주세요.

우리 곁에 영원히 살아계실
어머니, 사랑하는 우리 어머니
생전 처음이자 마지막 인사를 드립니다.
안녕히 가세요.

화장 지원비

아침에 출근해서 자리에 앉는데
안성시청에서 18만 원을 입금했다는
문자를 받았네
안성시청이 나한테 무슨 돈을 보낼 게 있나
곰곰이 생각해보니
울엄니 발인하던 날 장례차 기사가 일러줘
원곡면사무소 엄마 사망신고 하면서
신청했던 화장 지원비가 떠올랐네

막상 돈 들어왔다는 문자를 받고는
울엄니 생애 마무리가
화장 지원비라는 행정적 귀결로 되는가
그깟 비용 얼마라고
엄니 보내드리는 일을
몇 푼 돈 받을 궁리를 했을까,
입금 문자 읽는 눈 흐려지고

엄니를 화장하고 받은 대가 같은
몹쓸 짓의 증거를 통지받은 듯
전화기 들고 있을 수 없었네

출근해서는 아침 전화를 드리려다가
불현 듯 아, 전화를 못 받으시지,
퇴근 길 우회전으로 안정리엘 뵈러 가야지 하다
아, 울엄니는 이 세상에 안 계신 걸
좌회전 방향을 꺽으며
아직도 실감이 나지 않는데,
18만 원 화장 지원비 입금 문자 진동이
엄니 살아 생전 꾸짖음으로
부들부들 가슴에 찍히네

파도와 놀기

파도야
하고 부르면
철썩
하고 대답을 한다

파도야 하고
다시 부르면
파도는
스르륵
뒷걸음질을 친다

부를 때마다
답하는 일 어려운 일

부르다가 대답하다가
부르다 듣지 못하다가

그렇게
하루가 간다

제3부

집 짓는 일 외로운 일

망초를 위하여

다가갈 수 없는

내 그리움의 먼 바다엔

높은 파도가 울고

파도의 포말 하늘로 날리어

낮은 빗줄기 예감하게 하는

젖은 바람에 이끌려 길을 달린다.

차창에 매달리는 수많은 눈짓

자꾸만 말을 거는 것 같아

차를 세우고 언덕에 올랐다.

계곡 피어나는 구름처럼 하얀 세상

갑자기 눈이 시리다.

아, 망초

그 무슨 세상의 버려진 미련 저리도 많아

온 들판을 덮은 서러운 향기

슬픔의 흔적은 작고 하얗다.

수줍어 말하지 못했거나

가슴에 담고 잊혀져간 이야기들

겨울 눈송이로 부서지다가
분분한 봄꽃송이로 날리더니
지금 작은 어깨로 기대어
바람에 흔들리며 수런대고 있다.
고개 숙여 눈을 맞추고
노란 입술이 전하는 귓속말을 듣다가
세상 살아가며 할 일
가슴속 기억의 갈피 열어
망초 같은 이야기 곱게 담을 일이라고
작은 볼 어루만지다
발길을 돌린다.
헤어지자 흔드는 손짓처럼
와이퍼는 무감하게 지우고 또 지워도
차창에는 동그란 눈물 방울들
온몸으로 날아와
망초 꽃밭을 펼쳐놓고 있다.

꿈의 집

두껍아 두껍아
세상에 엎드려
모래집 꿈꾸니.

손등에 가득 얹어
토닥거리던 모래알 만큼
엎드린 네 등 위로
헌집 무너지고
얼마나 많은 새 집 지었니.

두껍아 두껍아
네 헌 집
어디에서 무너지고
지금 짓는 집
언제 무너질지 모른 채
그래도 기며 기며

더듬더듬 땅파니.

집 짓는 일
외로운 일.

두껍아 두껍아
날 흐리니 비오니
절뚝거리는 네 어깨
울며 파니
어쩌면
무덤같은 니네집.

아카시아 5월로

봄, 화사했던 시절
송화松花 섬섬한 손길 따라
아련히 사라지네.
견고한 녹색의 숲이
군중처럼 밀려오네.
저 끔찍한 단색單色의 절망을
위로하기 위해
이 계절 황홀하게 아카시아 피네.
그 향기 속으로 들어가
벌컥벌컥
추억의 꽃숨을 마시네.
취하여 생의 숲길 뒤돌아보면
고단했던 시대
단편소설처럼 우울한 나무로 서 있네.
향기에 취할 수 있는 꽃그늘의 저녁
앞으로 몇 번이나 만날지 몰라도

초록 잎새 사이 매달려 흔들리는

단정한 축복

달콤하게 천지에 깔리고

오늘 5월은 아직 행복하여라.

덧 없는 소망처럼

하얗게 낮달 뜨고

뻐꾹뻐꾹

생의 하루가 저물어가네

아카시아는 5월로 피고.

보이지 않는 것들

갈참나무 숲 사이를
낭랑한 목탁 울림으로
딱따구리 소리
글썽거리며 지난다.

어슴푸레 안개 걷혀가는
여름 새벽 물먹은 풍경 사이로
투명한 꾀꼬리 울음
노란 물감 방울로 떨어진다.

달은 아직 뜨지 않았고
지붕 부딪는 장맛비 소리처럼
개구리 소리
어두운 들판 어깨 껴안고
논둑길로 사라진다.

숲 속으로 들어가노라면
아카시아 나무는 보이지 않아도
향기는 알싸한 슬픔
숲을 감싼다.

보이지 않아도
저 숲 어딘가에서
떨고 있는 그리움
간절한 그리움일수록
그 슬픈 눈동자를 마주할 순 없다.

생의 숲 어딘가
당신에게서 버려진 그리움들이
입술을 깨물고
울고 있다.

추어탕을 먹으며

미꾸라지는 보이지 않았습니다.
그가 헤엄치고 놀았던 물의 빛깔이
탕의 국물로 우러나 입맛을 돋우고
그가 뒹굴었던 바닥의 흙냄새가
잠깐 향기로 풍겨왔을 뿐.

가져다 놓은 뚝배기 부글거리듯
붉은 빛깔 넘실대는 물길
가득 차 흐르다 진등 * 으로 넘어가고
천둥소리 잔잔해진 수로따라
부들 우거진 물그늘을 첨벙대면
그물에 잡혀 나와
온몸을 리을로 이응으로
파르륵 파르륵 꿈틀대던 미꾸라지는
손가락에서 미끄럽게 빠져나가
기억 속으로 달아났었습니다.
방미식당 할머니 굽은 허리 뒤로

장대비는 세로로 발을 치고
산초향 과분하여
후추로 국물 섞다 숟가락 놓은 채
맵지도 않은 고추조림을 깨물었을 때
낙숫물 소리 따라 갑자기
우릉우릉 목이 메어 왔습니다.

다시 수저를 드니
그날 소금 뿌려 일자로 뻗던
냄비 속 미꾸라지들이
지금 뚝배기 속
우거지 사이를
음각된 판화처럼
헤엄치고 있었습니다.

* 진등 : 예전의 평택군 팽성면 안정리에서 원정리로 넘어가는 중간의 동
네이름

무릎주 *

두려움 너무도 많아
온통 가시를 뒤집어썼다
절대 접근을 불허하는
소름 돋은 살갗
둥그런 외피 가득
날카로운 공포의 서슬
파랗게 날을 세우고
세상 모든 친교조차
닥쳐드는 위협인양
언제든지 찌르고 들어갈
눈물겨운 방어자세다
저 몸 속 어디에
일출 같은 선홍빛 꽃잎 숨어있을까
더 이상 물기 빨아올릴 수 없는
건조한 일상의 두려움
뱃살처럼 부푼다

무릎 껴안고 벌레처럼 웅크린 채

고생대의 바람처럼 넘어질

고독의 덩어리

가만히 들여다 보노라면

들키기 싫어

보이기 싫어

드디어 피부를 뚫고 솟는

두려움의 절규

아프게 가시로 돋는다

* 무륜주 : 선인장의 한 종류. 둥그런 원형에 강한 가시가 뒤덮여 있음.

김수영과 도마뱀

한 번도 제대로 부딪혀 본 적 없었다.
중요한 결정을 내려야 할
생의 순간에서
나는 언제나 도망쳤다.
치부가 움켜 잡혀
드디어 본색 거꾸로 매달릴 순간
꼬리를 잘라내고 달아나
모멸의 풀섶 아래 달라붙어
살아남는 숨을 고른다.
그리고 잘라낸 꼬리를 시라고 쓴다.
사람들은 내가 잘라낸 꼬리를 보며
부끄러운 몸뚱이를 보지 못한다.
기만의 앙금이 쌓여
또 하나 쓰여질 만큼 꼬리를 키웠다.
방금 잘라낸 따뜻한 치욕 하나
손에 쥐고 바라보다 문득

김수영에게도 꼬리가 있었을까 생각한다.
시는 온몸으로 밀고나가야 한다던*
그의 큰 눈은
내 꼬리는 떨어져도
피가 나지 않는다는 것을
이미 다 알고 있다고
달마처럼 웃는다.
갑자기 꼬리 떨어진 자리
뒤통수 아니면 왼쪽 옆구리였는지
온몸이 스멀스멀 가렵다.

* 온몸으로 밀고나가는 시 : 김수영 〈시여, 침을 뱉어라〉의 구절

그리운 종달새

돌아갈 수 없어라
눈이나 감아야
마지막 손짓은
어렴풋 나타났다 사라질까.

겨울 지나며
그리워하는 법을 잊어버린
메마른 몽유도원
지상의 슬픈 이를 향해
간절한 시선으로 보내오는
아득한 한 줄기 울음
비릿비리롱 비리배로롱.

송화 안개처럼 번지는
계절의 하늘 위
간직했어야 할

눈물의 지문은
점으로 아득하여라.

고개 쳐들어
바라보지 말자
흐려진 눈가로
내리는 꽃송이조차
부끄러워질지니.

이젠 당신의 영토가 아닌
슬픈 땅을 위해
아득한 곳에서
종달새 운다
비릿비리롱 비리배로롱.

선식을 먹고 나서

신선들 먹어서 선식일까
아침을 선식으로 먹기 시작한 뒤로
일찍 찾아오는 허기가
묘하게 기쁜 쾌감이다.
중성지방 고도비만에 뱃살 늘어지고
협심증에 가슴 뻑뻑해져도
똥만 가득찬 배 불쑥 내밀고
아침밥 한 공기 가득 채우던 배를,
회식이며 삼겹살에 소주로 불쑥 채우던 배를,
신선들 먹는다는 선식으로 달랬으니
배고파 허리 기울고
잠깐 세상 우울해 보일지라도
이 얼마나 부유하고 윤기 나는 장난이냐.
곧 이어 자태까지 신선처럼 우아해지고
아침 저녁으로 먹던 약들 내팽개칠 기대감에
세상이 어지럽게 어제와는 다르다.

하지만 고개 꺾어 내려다 보니

애써 달라 붙은 나잇살

허욕과 몰염치의 똥들

어설픈 한 끼 식사 눈가림에

쉽게 빠져나갈 줄 알았느냐고,

오욕과 칠정의 밥상에 앉아

침 흘리는 게걸스러운 비계덩어리를 위하여

빨리 채우라 채우라고

빈 뱃속은 지금 반란중이다.

永春*, 바람 속으로

장맛비 키 자란 강물
절벽의 허리를 감고
가뭇한 소용돌이로 손 흔들며
그대 청춘이 머물렀던
불빛 작은 마을을 지나 흘러가네.
다신 돌아올 수 없는
놓쳐버렸던 순간들 그리운 날엔
바람의 영토
영춘엘 가리.
북벽北壁 넓은 가슴을 차고
흩어지는 바람을 보라.
영원의 담벼락에 부딪히는 것처럼
굽이쳐 흐르는 강물 바라보고 있노라면
지금은 희끗해진 그대 일기日記를
순한 바람이 쓰다듬고 지나리니.
청춘은 사라진 것이 아니라
깊은 그대의 눈길 속에

가라앉은 것임을,

추억은 망각 속에 묻혀지는 것이 아니라

당신 곁을 떠돌다

어느날 문득 머릿결 흔드는

한줄기 바람으로

살아나는 것임을,

하여 세상의 아침을

빛나게 맞이하던 그대 이마가

시들어 가는 것을 서러워 할 무엇도 없음을.

크게 숨모금 한 바람 만큼

시간은 잠시 멈춰 서서

가라앉는 염전의 소금처럼 남은

그대의 청춘을 배웅하고 있네.

* 永春(영춘) : 충북 단양군 영춘면 상리. 근처 북벽의 절벽 아래로 남한
강 상류가 지남.

투명함을 위하여

신체검사 받고 나서
만성 간염 진단을 통보받고
간암으로 돌아가신 아버지 생각이 나면서
나는 더럭 겁이 나기 시작했다.
그리고 나이 젊어 죽은 시인 생각이 났다.
그럴 수는 없다고,
더럽게 좋은 세상 두고
그렇게 일찍 죽을 수는 없다고 생각하며
나는 욕 먹을 결심을 했다.
욕 많이 먹으면 오래 산다는 옛말따라
오래 살기 위하여
쓴 약 몸에 좋다고 아침 저녁 꼭꼭 챙겨
어머니 몰래 보약까지 먹기로,
불쌍한 이 보고도 모질게 돌아서기로,
거기다가 아름다운 것 보고도
아름답다고 하지 않기로

이 앙 다물어
욕 먹고 살기로 굳게 작정했다.
그러고 나니 내 몸 어느 구석에서
꿈틀거리고 있을 세균의 독성이
기죽는 것 같았다.
더욱 많은 욕들이 내 몸에 퍼부어지면
욕 들어본 적 없는,
고운 눈동자의 세상 시인들
맑은 소주 한 잔 들어
드디어 튼튼해진 내 육신 부러워하며
내 모진 목숨에 대해
축배를 들어줄 수 있을까.
나는 분명 킬킬거리며
그들의 눈동자를 바라볼 수 있게 될 것 같았다.
조금만 더 욕을 먹으면.

가정법假定法

한 십년쯤
세월이 눈가를 스치고 지나면
그대 맞이하는 시월의 어깨는
이미 청년의 목덜미가 아니고
조금은 편하게
세상 뒷자락
바라볼 수 있게 될지도 몰라.
그때 혼란스런 시간들
조금씩 가지 쳐내고
가지런하게 묶게 될지도 몰라.
그 고통들은 무엇 때문이었는지,
내가 바라본 세상
무슨 색이었는지 깨닫게 될지도 몰라.
껴안아야 할 것들 버려둔 채 살다
지금 가슴에 남아 있는 것
추스르다 보면

이제는 메마른 향기만 남았다고
애잔한 눈
감게 될지도 몰라.
한 십 년쯤
세월이 나를 팽개치고 가면
돌아서 남 모르게
더 많은 눈물 감추게 될지도 몰라.
나를 용서하게 될지도 몰라.

느티처럼

저쪽 운동장 한 켠
우직하게 서 있는
느티 같을 수 있을까.

아침을 가져오는
햇살의 발걸음으로
앞을 지나는 너희들 보며
어깨 출렁이고
어두운 저녁
무거운 가방
끌다시피 돌아가고 난 후
텅 빈 학교
수런대다 던져두고 간
접혀진 미래의 내음새
추스르는 나무.
부스럭거리는 소년들의 꿈

도닥거려 가며
튼튼한 줄기 뻗쳐 가는
운동장 한 켠 묵묵한
느티 같을 수 있을까.

아무런 열매나 꽃 없어도
그저 잎새만이라도
가지마다 무성히 키워
모두 와라,
오게 하여
넉넉하게 네들에게
그늘 드리울 수 있는,

그러다 모두 가고
불쑥 세월만 껍질로 남아도
아직 그곳에

든직한 기억으로 서 있다는

느티 같을 수 있을까.

갈매기

단지 한 끼니를 위해
출렁거리는 물결 속으로
집중하며 곤두박질하는
꼿꼿한 저 부리처럼
세상을 향해
투명하게 쳐들어 갈 수 있다면.
파도를 부수는 눈보라
바람 속에 실려
몸뚱아리 전부가
하나의 눈송이 되어
자맥질하는
저 싱싱한 날개로
그렇게 바다를 물어올리듯이
생을 건져올릴 수 있다면.
참된 순간을 위한
네 서늘한 자세

그 어깨에 실려 떠오르는
오 아름다운 하루의 무게.
감당하기 어려워
고개 숙여 돌아서는
비겁한 내 형벌의 하루 속
꾸지람의 비수가
갈매기 울음으로
날을 세운다.

코스모스

.

아름다움을 원한 것은 아니예요.
곱다고, 고운 자태라고
이야기 하지 않아도 좋아요.
그저 그곳에
부끄러움으로 서 있어
불어오는 바람에
흔들리는 서러움이라고
눈물겨움이라고
그것이 옳아요.
사랑이 소중한 것이라면,
작은 사랑이 오히려
빈 들녘 같은 마음에 따뜻이 안겨오는
소중한 것이라면
소리치지 않아도
나는 거기 있어요.
부끄러움으로

고운 서러움으로
세상 같은 안개에 싸여
거기 흔들리며
서 있어요.

갈증

날 흐리고 바람 불면 눈이 올까요 한 없이 기다리기만
하면 이루어질까요 바다가 가까운 동네일수록 어둠은 빨
리 오는 듯 싶어요 하루가 편지를 부치듯 갔어요 나의 추
구는 가난한 화전민의 밭에 난 잡초 같아요 마르다 지쳐
작은 바람에도 버석거리긴 하지만 눈을 기다려 바닷가로
왔어요 날 흐리고 바람 불면 눈이 올까요 끝없이 기다리기
만 하면 이루어질까요

배꽃이 지면

배꽃
함성으로 떨어진 자리
오월은
허기에 찬다.
우우 썰물처럼 밀려가는
저 감당 못할
하이얀 그리움의 오한.
길은 스스로의 끝 모르고 뻗어나가는
자신의 운명에 놀라며
나무들 뒤로 사라져가고
가야 할 길이 있어도
떠나지 못하는 이들은
흔들리는 그 길에
등짐처럼 내리는 소쩍새 울음으로
운명을 배웅한다.
어디에 꿈의 빛깔이어도 좋을,

떨어진 나팔소리 같은
서러움 무더기
쌓여 있다면
거기 내 전율하던 사랑은
곱게 누워 있으라.
향기만으로도 가득 차는
아련한 슬픔 베고
그렇게 곱게
누워 있으라.

단정한 꿈

오후 세 시엔
정리하고 싶다.
네모지길 고집한 내 생의
서랍 속에 가득한
어지러운 삶의 조각들.
독기의 오려진 사설
오래 전의 초라한 사진
부치지 못한 편지
사라진 향기 묻은 지우개
해독되지 않는 암호인양
간절함만 몇 줄 남은 메모지
시인의 가슴 아픈 구절
그리워하기 위해 태어난 꽃들의 문신 같은 것들
모두 허섭쓰레기라 하면서
커다란 회한의 봉투 비틀어
소각로에 던지고

활활 비명 지르며 사라지는 미련들 뒤로
단정한 서랍문을
쾅쾅 닫아버리고 싶다.
세 시쯤
서랍을 정리하면
이제 빈 책상에 저녁 노을 지고
그만 어둠 깔리는
단정한 내일로
퇴근하고 싶다.

문학회 끝나고

만춘옥 이른 여덟 시 다섯 명 앉아 해물탕에 저녁 먹고
문학 애긴 꺼내보지도 못하고 악수하고 헤어진다. 다음 달
에 좀 더 많은 사람, 많은 애기 가지고 모여보자고 힘내서
만나 보자고 손 흔들고 헤어져 공작에 가 술을 마신다. 송
창식의 새는 더 이상 감당할 수 없는 진짜 초롱한 눈망울
이라고 우린 초라해지다가 이젠 어느 정도 거나하다고 비
척거리며 삼오정 앞에 파는 김치만두 길거리서 우물거리
다 늘푸른아파트 벤치에 와 앉는다. 이번 겨울엔 신춘문예
응모해보자고, 보란 듯이 내 시로 이 세상 흔들지 못하면
눈 내린 내리(內里)에나 가서 소주잔이나 기울이자고 진욱이
랑 잔 부딪고 불 꺼진 아파트 창문 사이 나 돌아가야 할 14
층 고개 쳐들어 바라보다 담배 한 대 다시 피워 물고, 수은
등 파리한 조명 아래 우린 다시 산 이야기를 하다가 세상
살다 한 번쯤 산 같은 사람 보고 싶다, 산 같은 시 쓰고 싶다
중얼거리며 다시 잔 부딪는다. 누구에게 미안하다고 떠올
릴 사람 갖고 살면 잘 사는 거라고 위안하다보면 나 떠올

리며 미안해 줄 사람 있는지 자신 없어져 다시 잔 채우고 창문에서 꿈꾸는 아이들 목소리 들려온다. 아빠 오늘 밤엔 별도 없어. 번쩍 고개 쳐들어 다시 어두운 하늘 보다 혹시 별 떨어졌을까 잔 바라다보면 술은 바다가 되어 있고 내가 뛰어들게 허락하지도 않는 바다. 깊은 어둠에 물들어 버린 바다. 우린 바다 옆에 앉아 목메어 울지도 못하고 부딪는 종이잔에서 별만 찢어 가졌다.

감

모든 것이 척박한 세월이라고 푸념하며 떠나고 시들어
갈 때 메말라 가는 들녘 버티어 서서 우리들의 비겁한 향
수鄕愁를 처연하게 혼내며 진양조 가락으로 소리쳐 계절을
매달고 있는 너의 혼신의 고집에 대해 나는 경탄을 금치
못하리. 반드시 허공에 걸려 있어 턱하니 가을에 어울리는
자세를 잡아야 한다고 서러운 하늘 뒷배경하고 늘어가는
주름살. 까치의 부리에 쪼이거나 휘날리는 눈발에 덮이어
바람 빠진 풍선처럼 빈 옹아리만 남을지라도, 눈부신 옥
양목 저고리 빛깔로 꽃 피어 흩어질 저 감꽃 그리운 봄날
을 위해 그대 죽음으로 매달려 오히려 살아 숨 쉬는, 싱싱
한 꿈의 덩어리로 남아 있을까. 도시가 부러워 마을 떠나
간 이웃들의 빈 집 커다란 마당 아련토록 바라보며 충혈된
눈 부릅떠 홀로 눈물 흘리다 입술 깨물고 호령하며 호령하
며 가난을 부여잡고 탕탕 가을의 바람을 두들기고 있다.

제4부

그렇게 지워져 남겨지는 역사

새해 아침에

나는, 새로운 생각을 떠올려도 모자랄 판인 새해 아침
부터 참으로 초라한 생각을 했구나 생각하고는 더 초라해
졌다. 더 이상 사람에 대해 기대해서는 안 되겠다는 생각
이 그것이다. 수없이 해왔던 생각이지만 그것을 놓기 싫었
던 것은 오랫동안 생각한 사람을 놓아버리는 순간 그것은
그 사람의 생각에서 벗어나 일시적 편안함을 가져다줄지
는 모르나 그 사람을 생각한 시간 만큼에 비례하여 자신이
스스로 초라해질 것이 분명한 까닭이었다. 하지만 새해에
는 그러지 아니하리라 단단히 다짐을 하였는데, 그러다가
적당히 사랑해야겠다, 마음을 절대로 나눠주지 말아야겠
다, 이런 생각을 하다보니 어쩌면 이런 생각이 머리 속에
있었기 때문에 그 사람이 내 기대를 저버린 건 아닐까 하
는 생각이 들었다. 내가 준만큼 그 사람도 마음 한 조각 조
금은 뭐라도 나에게 보여주어야 한다는 생각은 참으로 초
라한 생각 아닌가. 그건 그 사람을 사랑하는 게 아니라 나
를 사랑하는 것이 분명하다. 그 사람보다 나를 더 사랑하

는 것이 분명한데 그 사람이 어떻게 나를 사랑할 수 있을
까 하는 생각이 들다보니 견딜 수 없이 부끄러워지는 새
해 아침이었다.

건봉사 가는 길

간다 안 간다
시끄러운 것은
인간의 길에만 있는 소리더라.
강원도 산골 이름도 고적한
금강산 건봉사
겨울산 등성이엔 지난 밤 내린 눈이
설국의 전설을 펼치고
산 아래 인가도 보이지 않는
골짜기 향해 구부러져 사라지는
순한 길 위로
벌써 날 풀리는 듯
봄날 닮은 햇볕
비늘 털 듯 내리면
차 한 대 지나지 않는다.
정지된 풍경 속
길 위에 서면

모든 것이 가고 싶지 않아도
흘러가고 있는 것을 보게 되리라.
쓸쓸함에 지쳐 뒤척임도 사라진
텅 빈 논밭의 주검이 주는
침묵의 가르침과,
한때 팔짱을 끼었다가
저기 벌써 앞서 가 부도처럼 굳어진
산다는 것의 서러운 의미여.
건봉사 가는 길에 서면
혼자 된 내가 나를 만나러
적멸보궁을 향하게 되리니
그 발걸음의 무게를
그저 조금은 무겁게 딛고 딛어
달력의 마지막 페이지가 주는
비장한 평온처럼
기억해 주어야 하리.

장작을 패다가

도끼를 들어
살결 뽀얀 참나무
단정한 나이테의 중심을 향해
처들어 간다
장작이 되라고
뜨거운 불길이 되라고
그리하여 점점 엉겨 붙어
내 일상의 배관 속을 어슬렁거리는
생의 나태함과 잠시 일체가 되어
잠깐 완벽히 뜨뜻한 저 평온의 자리에
등짝을 대고 송장헤엄을 치자고
온 힘을 다해
잘려진 한 생애의 단면을
내리찍는다
도끼는 무시로 빗나가고
뽀개진 어깨는 아파하며

다른 몸뚱이를 떠난다

그러다 시인이 쓴 도끼를 떠올린다

그의 도끼는 잠깐 허공에 머무는 순간에

구름의 안부와 별들의 소풍 날짜를 물어보았다고 쓴다

과연 도끼는 허공의 순간에서

그런 유미주의의 꿈을 허락받을 수 있을까

나의 도끼는

무엇을 뽀개기 위해

허공을 가르는가

지쳐 피워문 담배연기 뒤로

누워 있는 도끼의 손잡이가

실패한 혁명처럼 슬프다

문화회 끝나고 돌아온 밤에

문화회 월례 모임 만나

정말 오랜만에 시 품평하고

헤어지기 전에 호기롭게

다음 모임 시 세 편 갖고 나오마하고

장담하고 돌아와

시 쓰자 하고

원고지 펼쳐놓고 멀뚱히 앉았다

현철이는 시인은 시를 쓰는 사람이라는데

시도 못 쓰면서

낑낑대고 있으니

난 시인인가

시시한 인간인가

백석, 빈 방에 앉아있는 그 남자를 생각하노라면

시가 무엇인지 확연히 보이는 듯도 싶다가

이게 시가 될지도 모른다고

끄적거리고 있는 나는

이래서는 시는 틀렸다고

우선 외로워져야한다고

외로움을 마셔야 시를 쓴다고

마당에 나서 가뭇없는 밤하늘 바라보며

가만히 서서 있는 폼을 다 잡아보지만

그러다 보면 외로워질 배짱도 없는 내가 보이고

날 풀릴 기색 없는 경칩지난 밤기운은

부르르 몸 떨게 하며

부끄러운 생각 진저리 치고

에이 시 쓰는 일 그만두는 것이 낫겠다고

따뜻한 방으로 나를 돌려세웠다

춘분春分 무렵

아마도 춘분春分 무렵이었나
우리가 봄을 나누어 가졌을까

당신이 돌아섰을 때
등 뒤로 냉이꽃이
무더기로 피어 바람에 흔들렸네

당신이 가져간 봄 속
추억은 두릅 순처럼 향기롭게 자리하겠지

저녁은 이전보다 이르게 올지 모르나
당신이 눕는 방으로
따뜻한 불빛은 노을지는 강처럼 흘러들겠지

내 봄의 깊은 숲에는
머지않아 아카시아 피어

당신의 향기로 말 걸어올지도 몰라

밤이 숨을 죽이면 소쩍새 울음은
변하지 않는 서러움을
폭포처럼 전해오겠지

사랑은 기억하려 애쓰지 않아도
두릅 가시, 아카시아 가시처럼
그리움으로 박혀 빠지지 않는 것

당신이 돌아섰을 때
봄은 나누어 진 것이 아니라
이제 우리들의 봄은 사라졌다고

냉이꽃 흔들리는 하늘 위
아득히 종달새 우네

꿈들에게

아침은 퐁퐁
샘처럼 솟아나는
네 웃음으로 문이 열렸으면.

오후는 깔깔거리는
눈 부신 햇살처럼
너의 소망이 교실에서 뒹굴었으면.

그렇게 시작하는
여린 봄이 가고
서로의 키 크기로 다투기도 하는
여름도 보내다
이제 조금은 어엿한
소년의 가을을 맞다가
우리는 헤어지기도 하겠지.

그래도 또 내일은
더 무거워진 신발 끈을
의젓하게 묶을 수 있었으면,
그대들의 것으로 초록의 바람이
새 아침에 불어왔으면.

이렇게 어른이 되는 건가
궁금해 고개 들어 하늘을 쳐다보게 됐으면.
어렸던 별 반짝이며 눈동자에 어리고
새벽 종소리처럼
빙긋이 대답을 품은 세상이
이슬 한 방울로
그대 이마에 떨어졌으면.

분필 粉筆

너의 본질은 가루다

너의 실존은 쓰여[書]짐으로써 완성된다

그 쓰여짐은 대개 한사람을 위한다기보다

여럿에게 보여지기 위해 쓰여진다

칠판에 무언가를 나타내는 기록으로

네 몸이 부서져 판서板書될 때

비로소 존재의 의미가 완성된다

네가 기록하여 나타내는 표식들은

자연의 규칙을 풀어놓거나

위대한 법전의 구절이거나

지켜야 할 도덕적 계명일 수도 있고

난해한 방정식이기도 하고

누군가를 감동시키는 구절을 적기도 한다

혹은 무엇을 먹고 살아야 하는지를 안내하는

메뉴를 보여주기도 하고

갈 곳이 궁금한 사람들을 안심시키는
정보의 제공판일수도 있지만
무엇을 기록했건
쓰여짐으로써 단 한 번
소용 닿고 난 뒤에
미련없이 너의 본질로 돌아가
홀홀 먼지가 된다
그렇게 지워져 남겨지는 역사가 된다.

냉가슴

내가 이렇게 말하면
그는 그렇게 듣고
내가 그렇게 말하면
그는 이렇게 듣는다
서로 듣지 못하는 우리는
오랫동안 아주 오랫동안
제 말만 하다가
딴 말만 하다가
딴에는 자기가 괜찮은 우주인양
살다가 말겠지

염려念慮

아주 바쁜 일이 있겠지라고 생각한다 아니면 정말 부득
이한 일이 있었을 거라고 생각한다 그러다가 혹시 몸이라
도 아픈 건 아닐까 하다가 아니면 무에 서운한 것이 있어
서는 아닐까 하다가 아니다 다 아니다 분명 그저 조금 바
빴을 뿐일 거라고 다시 생각한다 그럴 거야 조금 바빠서
연락할 경황이 없었을 뿐일 거라고 생각한다 그러다 급기
야 어쩌면 연락도 못할 만큼 갑자기 큰 사고라도 난 게 아
닐까 하다보면 꽃은 다 지고 불안한 생각 하나 파종되면
온몸은 생각의 콩나무 줄기를 뻗어 헛된 불안은 드디어 너
에게 닿아 모든 걸 망쳐버리게 될 것이다

아주 아주 작은 꿈

삶이라고 거창하게 표현하긴 그렇고 살면서 그럭저럭 생의 한 구비 산자락 애써 넘어 돌듯 지나와 걸음 잠시 멈추고 지나온 풍경 뒤돌아 보며 한 숨 쉬려는 차에 제발 만나지 말았으면 하는 사람이 있지 조금 먼저 오른 듯 지켜보던 이가 다 온 줄 알았지 아직 멀었어 기운빠지는 조롱의 말투로 진정으로 상관하지도 않으면서 참견하는 체 하는 사람 말이야 그런 이보다는 예까지 오느라 고생했구려 물 한 모금 하시게 따뜻한 눈길 보내는 사람 구비 돌아 만나게 됐으면 좋겠어 조금 더 욕심을 부리자면 구비 넘어가니 기다리고 있는 샘물 같은 사람이 너였으면 얼마나 좋을까

따뜻한 슬픔과 깊은 속울음

이인호(교육연극인)

나는 그의 시가 좋았을 뿐이다

2020년 5월 12일 밤 11시 09분. https://youtu.be/b1bW-5Ye3O8M. 달랑 노래 링크 주소가 왔다. 아이유의 〈LOVE POEM〉. 김동경 시인이었다.

물풍선에 바늘 끝이 닿듯, 주체 못할 그리움이 터졌다. 그리고 이틀 뒤 그의 근무지이자 삶터인 평택에서 그를 만났다.

점심을 먹고 그의 일터인 교장실에서 차를 마셨다. 직접 대면까지 30년이 더 지났지만 20대 초반 뜨겁게 만났던 때로 순간이동하는 듯했다. 예서 전서체 서예 작품들이 보이고 얼핏 꾸준히 독서하는 사람이라야 가능한 책들이 여기 저기 보였다. 그의 두 번째 시집 『백 아홉 번째 방』 사인본을 품에 안고 오는 길에 아카시아향이 가득했다.

그의 시집을 읽고 꼬박 사흘 동안 밑줄 친 시구들을 워드 작업하고 시를 읽고 난 마음을 적은 일기까지 A4 일곱 장쯤 되는 글을 보냈다. 그의 첫 시집이 읽고 싶어 본인 소장용 밖에 안 남았다는 『배꽃이 지면』을 받았다. 또 그의 시구들로 채워진 일기를 또 보냈다. 대략 이런 식이다.

인천에 다녀오니 동경의 첫 시집 『배꽃이 지면』이 와 있다. 절판이라 동경이 보던 것을 보내준 것이다. 다 읽고서 잠자리에 들었다. 2003년에 나온 것인데 두 번째 시집 못지 않게 절절하게 다가온다. 밑줄 그은 부분을 다시 읽어본다. 투명한 고독과 맑은 부끄러움이 강물처럼 흐르는 시들이 '가슴까지 젖게'하기도 하고 '듬직한 기억으로 서 있다는 느티'처럼 '그늘 드리우'기도 한다. 무엇보다 '새벽에 서 있어 맑은 눈빛 지니고 동 틔우는 아름다운 사람'으로 살아간 동경의 날들이 '눈에 선한 내 친구'로 다가와 홍건하고 '글썽이'게 하기도 한다. '이제 더 이상 노래 부를 수 없고 각오하지 않는다'며 '무너져 오는 노을. 그저 눈 시리게 바라보는' 그를, 만성간염과 싸우기 위해 '욕 많이 먹을 결심'을 하면서도

'투명한 저 바닥 끝에 다다르기 위해 혼자 흘러가야 한다고 생각'하는 동경이를, '부는 바람에 흔들리며 간직해야 할 단어 하나 찾으려 별빛 쪽으로 가슴 기울여가는' 멀리 있지도 않는 시인을, 왜 그리 오래 못 보고 살았는지 '낮달만큼 서러워'지기도 한다. 20대 초반에 만났던 사랑을 환갑이 지나 다시 두 권의 시집으로 만나며, 아! 갑자기 오래 살고 싶어진다. 그의 세 번째 시집 전후로는 '향기 나는 소나무 숲길'을 같이 걷고 싶다는 〈작은 꿈〉이 생겼다.

　- 2020. 5. 20. 일기 중에서

　그리고 정년 선물을 미리 한다면서 제주 〈시인의 집〉 손세실리아 시인에게 주문하여 사인본 시집 42권을 그에게 보냈다. 그 전에 보낸 좀 긴 감상일기에 세 번째 시집 낼 때 심부름이라도 할 수 있는 영광을 달라고 한 것은 그냥 시가 좋아서 한 말이었다.

　그런데 올 8월 정년을 앞둔 그가 신작시 40편을 보냈다. 시집 제작자로 나를 지명한 것까지는 고마운데 발문도 쓰란다. 몇 번 진심으로 사양을 했지만 김 시인이 마음먹은 것을 꺾기는 쉽지 않아 이 글을 쓰는 지경에 이르렀다.

　사실 발문이나 해설을 써줄 사람이 그의 주변에 널렸다는 것쯤은 나도 안다. 당장 그와 공주대 율문학회를 함께

한 동인 중에 조재도, 전종호가 있고 한기호, 신현수 등 공주사대신문사 선배들도 있다. 1989년부터 평택에서 함께한 새물뿌리문학동인회와 평택문화회원, 그 외에도 많은 이들이 오랜 세월 시를 놓지 않고 살아온 그의 가까이에 있을 것이다. 그럼에도 율문학회도 오래 같이 못하고(그가 이례적으로 품평회 첫 작품으로 호평을 받고 대학신문에까지 실린 이후 선배들의 기대와 사랑을 받을 때 나는 문학회 모임은 못 가고 야학을 한다고 공주 이인 상록학원에 들어가 살았다) 내가 4학년이고 시인이 2학년이던 때는 광주민주화운동이 있던 1980년이라 문학품평회 자리보다 시위와 단식농성장 등에서 자주 만났다. 그리고 2003년과 2010년에 나온 그의 시집을 작년에야 읽은 나에게 왜 발문을 쓰라고 했을까?

80년 봄 민주화 열기 속에서 의기투합했던 그와 나는, 그러나 나의 수배와 구금, 군부대 삼청교육 등으로 열망이 좌절되는 경험을 했다. 많은 벗들이 구속되고 퇴학당한 학교에서 그해 가을과 겨울 동안 나는 실어증과 극심한 소화불량에 시달렸다. 그러던 내가 살아나서 졸업하고 교사 발령을 받을 수 있었던 것은 그와 함께한 연극 덕분이었다. 모임 자체가 거의 불가능하던 1980년 겨울, 그의 패거리들과 내 친구들이 최인훈의 〈그레이구락부 전말기〉를 각색하여

공산성 쌍수정에서 연습을 하고 야학 소강당에서 지인들을 불러모아 공연을 했다. 그리고 나는 말문이 터졌고 설사가 멈췄다. 그는 내가 다시 살아날 수 있게 함께 있어 준 은인이다. 내가 졸업한 후 서슬퍼런 80년대 초반의 암울한 상황 속에서 그는 연극을 무대에 올리고 분투했으나 울분의 시간을 보내야 했다.

이후로 나와 동경이는 충남과 경기도로 각기 발령을 받았고 전교조로 대표되는 교육운동의 큰 물결 속에서 우리는 나름의 일들을 하느라 바쁘고 뜨겁게 살았다. 그의 첫 시집에는 해직된 선배와 벗들로 인한 아픔이 담긴 시편들이 많은데 생각을 갖고 사는 교사들이라면 누구나 그 격랑 속에서 자유로울 수 없었다. 나는 부부 해직교사가 되었고 전교조 일에 최우선을 뒀다. 그리고 연극은 지금까지 아이들이나 동료들과 꾸준히 했다.

그리고… 그런 시절들을 지나 그의 시를 있는 그대로 좋아하고 느끼고 사랑하는 마음을 숨길 수 없어서 나는 그의 시구들로 가득한 편지와 일기를 보냈다. 그는 시인이 아닌 내가 읽는 자신의 시에 대한 소박한 글이면 된다는 소탈함으로 나에게 발문을 쓸 기회를 준 것일지도 모르겠다. 그런 정도로 그의 마음을 헤아리며 1, 2시집을 읽고 정말 좋아서 썼던 글처럼 몇 마디 적을까 한다.(그러나 막상 열흘 넘게

발문 고민을 하며 확실하게 거부하지 못한 나의 우유부단
을 엄청 후회하고 있다.)

따뜻한 슬픔과 조용한 속울음

미안하다
오랫동안 네 슬픔을
돌아보지 못하였구나.

슬픔은 아무리 작아도
쉽게 사라지지 않는 것을.

저기 하지 지나
쏟아져 부서지는
유릿살 햇볕 아래
하얗고 작은 슬픔들
다시 지천으로 깔려
소리도 못내고
울고 있는 것을.

옆에 있어도
손차양하고 멀리
바라다보며 말 잊은 채
그저 서 있기만 할 뿐

슬픔의 소리를 함께 들을 수 없는 이
불행하여라.

슬픔에 침묵한 시간의 댓가로
하얀 망초로 서서
결국 혼자 흔들리게 되리라고
돌아서며 되뇌인다.

나를 용서하지 마라
미안하다.
　　－「다시 망초를 위하여」 전문

　이번 시집의 1, 2, 4부는 신작시편이고 3부는 1, 2 시집
에서 20편을 골라 수록했다. 그리움과 슬픔, 울음이란 시
어들이 많이 등장하고 그 정서가 여러 시들의 기저에 흐
른다. '슬픔은 아무리 작아도/쉽게 사라지지 않는 것을' '하

얕고 작은 슬픔들 / 다시 지천으로 깔려 / 소리도 못내고 /
울고 있는 것을.' 망초를 보며 울음소리를 듣는 시인은 '슬
픔의 소리를 함께 들을 수 없는 이' 불행하고 '슬픔에 침묵
한 시간의 댓가로 / 하얀 망초로 서서 결국 혼자 흔들리게'
될 것이라며 슬픔에 침묵한 자신을 용서하지 마라고 하고
있다.

꽃이 빨리 지는 것은
그리움 하나 매다느라
온 힘을 다 썼기 때문이야.

숨 막히던 간절함
고운 자태로 맺혀
절정의 순간 언제였는지
아쉬울 것 없다 사라지는
아무도 없는
어두운 4월.

다시 이는 바람에
누구도 불러본 적 없는
목숨 걸었던 노래들이

뿌연 하늘 아래

그렁그렁 내리고 있네.

　－「절창」 부분

　'그리움 하나 매다느라 온 힘을 다 썼던' 꽃잎이 지는 것
을 '누구도 불러본 적 없는 목숨 걸었던 노래들이 뿌연 하늘
아래 그렁그렁 내리'는 것으로 시인은 응시한다. 그렁그렁
이란 말에서 울음과 슬픔이 읽히는데 모든 생명 있는 것들
의 유한성이 주는 슬픔과 존재론적 한계를 아프게 바라보
는 시인의 눈빛은 따뜻하다. 꽃 한 송이가 이러할 진데 인간
을 향한 슬픔은 얼마나 깊고 웅숭하겠는가?

아마도 춘분春分 무렵이었나

우리가 봄을 나누어 가졌을까

당신이 돌아섰을 때

등 뒤로 냉이꽃이

무더기로 피어 바람에 흔들렸네

당신이 가져간 봄 속

추억은 두릅 순처럼 향기롭게 자리하겠지

저녁은 이전보다 이르게 올지 모르나
당신이 눕는 방으로
따뜻한 불빛은 노을지는 강처럼 흘러들겠지

내 봄의 깊은 숲에는
머지않아 아카시아 피어
당신의 향기로 말 걸어올지도 몰라

밤이 숨을 죽이면 소쩍새 울음은
변하지 않는 서러움을
폭포처럼 전해오겠지

사랑은 기억하려 애쓰지 않아도
두릅 가시, 아카시아 가시처럼
그리움으로 박혀 빠지지 않는 것

당신이 돌아섰을 때
봄은 나누어 진 것이 아니라
이제 우리들의 봄은 사라졌다고

냉이꽃 흔들리는 하늘 위

아득히 종달새 우네

– 「춘분春分 무렵」 전문

  사랑과 이별의 노래로 빼어난 이 시는 봄(청춘)과 사랑을
나누어 가지면 이별 이후에도 '가시처럼 그리움으로 박혀
빠지지 않'고 추억은 향기롭게 간직될 줄 알았는데 '당신이
돌아섰을 때 봄은 나누어진 것이 아니라 이제 우리들의 봄
은 사라졌다'는 아픈 자각을 그려내고 있다. 작고 하얀 '냉
이꽃 흔들리는 하늘 위 아득히 종달새 우네'에서 시간이 흘
러도 변함없는 그리움과 슬픔 속으로 우리를 불러들인다.

  고등학교 시절, 아버지의 사업 실패로 빚더미에 앉았다.
대개의 친구들이 대학을 목표로 공부하는 학교에서 제법
영재 소리를 듣던 청년이 대학을 접고 생활한다는 것은 어
두운 상황이다. 책 속으로 빠져들었고 시를 쓰고 가난이 주
는 모멸감도 겪고 자주 죽음을 생각했다.

  이런 나의 경험이 묘하게 김동경 시인과 겹친다. 그런
어려움 속에서 시인은 평택종합고에서 분리된 평택고에
서 4,400여 권의 책을 1년 선배 한기호(현 출판마케팅연구
소장)과 도서십진분류법에 따라 분류 정리하고 대출이 가

능하도록 겨울방학 내내 도서대장과 대출카드까지 만들었다. 그에게 도서실의 책들은 도피처이자 역설적이게도 진짜 공부를 하게 한 곳이었다. 예민한 촉수로 생의 슬픔과 어둠을 온몸으로 감지하던 고 2때 마주한 신경림의 「갈대」는 그대로 자신의 시인 양 각인되었다.

언제부턴가 갈대는 속으로
조용히 울고 있었다.

그런 어느 밤이었을 것이다. 갈대는
그의 온몸이 흔들리고 있는 것을 알았다.

바람도 달빛도 아닌 것.
갈대는 저를 흔드는 것이 제 조용한 울음인 것을
까맣게 몰랐다.
– 신경림 「갈대」 전문

가장 좋아하는 시를 물을 때 그는 이 시를 읊는다. 신경림의 「가난한 사랑 노래」에 담긴 정서는 많은 민초들이 가슴으로 공감한다. 그리고 신경림의 시가 민중들의 고통스러우면서도 서로 어우러져 사는 시로 확장되듯 그의 의식 또

한 그렇게 성숙해진다. 유난히 정이 깊고 사람 좋아하는 시인은 작고 가난하고 생명 있는 것들에게서 깊은 슬픔을 느낀다. 왜곡전도된 역사와 현실을 자각하면서 불같은 분노를 느끼지만 그 분노만큼 싸우지 못하는 자신에 대한 부끄러움을 아프게 쓴다. 그래서 그의 시를 시인은 굳이 명명하자면 '속울음의 기록'이라고 말하는 것이다.

정지된 풍경 속
길 위에 서면
모든 것이 가고 싶지 않아도
흘러가고 있는 것을 보게 되리라.
쓸쓸함에 지쳐 뒤척임도 사라진
텅 빈 논밭의 주검이 주는
침묵의 가르침과,
한때 팔짱을 끼었다가
저기 벌써 앞서 가 부도처럼 굳어진
산다는 것의 서러운 의미여.
건봉사 가는 길에 서면
혼자 된 내가 나를 만나러
적멸보궁을 향하게 되리니
그 발걸음의 무게를

그저 조금은 무겁게 딛고 딛어
달력의 마지막 페이지가 주는
비장한 평온처럼
기억해 주어야 하리.
—「건봉사 가는 길」부분

봄의 날들이 아직은 멀리 있는 겨울 건봉사를 가며 시인은 슬픔과 울음 속 침묵의 가르침과 산다는 것의 서러운 의미를 한걸음 한걸음 되새긴다. '혼자가 된 내가 나를 만나러' 가는 '발걸음의 무게를 그저 조금은 무겁게 딛고 딛'는 것이다. 시간의 흐름을 따라 흘러가며 '비장한 평온'의 시간을 그리는 시인의 눈길이 깊다.

그러고 보면 어제가 고민하지 않았어도
오늘의 끼니가 되더군
그렇게 그렇게 하루를 다듬어
내일의 밥을 만드는
분주한 손길의 고단함을
기억하려 애쓰면
가끔 새로운 순간은
눈부시게 나타나 주기도 할까

자랑할 것도 없이
지독하게 평범할 내일 그 어느 날에
오늘보다 조금은 나아간
나를 만난다는 꿈은
깨지지 말아야 할 눈물겨운 신화
간직하고픈 지겨운 신앙이겠지
그렇게 그렇게
그래도 가끔은 새롭기 위하여

메리 크리스마스
- 「메리크리스마스」 부분

　일상이나 현실의 무게를 받아 안으며 살아가는 삶, 분주
하게 내일의 밥을 준비하며 내일은 오늘보다 나아진 나를
만난다는 꿈. 그것은 깨지지 말아야 할 신화고 지겨운 신앙
임을 그는 인정한다. 그럼에도 가끔은 새로운 날들을 축복
하며 '메리 크리스마스'라고 인사를 건네는 시인의 손이 따
뜻하다.

스미는 가르침의 자리에서

    풀은 커녕 어떤 식물도 키워본 적 없는 내가 꽃, 그것도 국화를 두 해씩이나 꽃을 피우게 했다는 일은 참 놀라운 일이지 학교 현관 앞 화분에 심겨져 가으내 향기를 주고는 꽃은 시들고 줄기는 메말라 역할 마쳤으니 버려지려던 국화 뿌리 거두어 우리집 담장 옆에 묻고는 그저 쿡쿡 밟아 놓았을 뿐인데, 그렇게 가물어도 물 한 번 준 적 없는데, 어지없이 가을이 되려 하니 저렇게 노오란 꽃송이 성탄절 꼬마전구처럼 달았으니 참 신기한 일이지 그런데 서리 내리기도 전에 무엇이 급해 저리 꽃을 피웠나 싶어 자세히 들여다보니 탁구공만 해야 할 꽃송이가 엄지손톱만 하더군 꽃은 메마른 땅에서 대가 끊길까 두려워 서둘러 꽃송이를 단 모양일까 꽃을 심었으면 꽃답게 꽃을 피우도록 도왔어야 할 일을 제대로 한 적 없으면서도 꽃 자랑만 하였네 그리고 보면 내가 꽃을 피우게 한 것이 아니라 꽃이 제 스스로 꽃을 피운 것인데 내가 심어 국화꽃을 보았다고 자랑하는 내 낯빛은 메마른 흙빛이네 부서진 별똥처럼 초롱한 꽃송이 제대로 쳐다도 못보고 향기에 아득해져 무심히도 파랗게 높아가는 하늘만 보네

    – 「9월 국화」 전문

시인은 교사로서 올해 정년 퇴임을 한다. 60편의 시 중에서 교사로 생활하며 교육이나 학생들을 소재로 한 시는 몇 편 안된다. 「느티처럼」, 「꿈들에게」, 「분필」, 「방학, 여름」 정도가 눈에 띤다. 교사로서 교육에 관해 이야기를 쓰다보면 자칫 착한 시, 교훈성 등에 빠지기 쉽다. 「9월 국화」의 경우 나의 눈에는 제대로 가꾸지도 보살피지도 못한 국화가 메마른 땅에서 대가 끊길까 봐 작은 꽃을 피운 것을 안타깝게 바라보는 교사의 모습이 보인다. 꽃이 잘 피우도록 돕지도 못하고 꽃 자랑 하는 자신이 부끄러워 얼굴빛이 흙빛이 된, 해서 초롱한 꽃송이를 제대로 못보고 높아가는 하늘만 보는, 행여 아이들에게 이런 부족한 교사가 아니었나 자성하는 교사 시인이 보인다. '초롱한 꽃송이'에서 그가 만난 아이들에게 사랑의 눈길을 주며 향기에 취하 듯 정성을 쏟았을 그의 마음을 가늠해 본다. 그러나 그가 교사임을 모르는 이는 그냥 9월에 핀 작은 국화를 사랑스레 바라보는 시인을 볼 것이다.

탈춤사위가 참 힘차고 아름답던, 신명과 와자함으로 옆사람들에게 생기를 북돋우던 김동경 시인. 그는 자유롭고 지극히 아름다움을 사랑하는 사람이기도 하다. 그런 삶을 그냥 보여주며 아픔에 섬세하게 감응하며 부른 노래들이 그냥 자연스럽게 아이들에게 스미고, 아이들은 '초록바람'

같은 생명력을 피워냈을 것이다.

　그래서 아이들에게 건네는 그의 말은 무겁지 않고 많은 것을 바라지 않지만 크막한 사랑이 담겨 있다.

　　아침은 퐁퐁
　　샘처럼 솟아나는
　　네 웃음으로 문이 열렸으면.

　　오후는 깔깔거리는
　　눈부신 햇살처럼
　　너의 소망이 교실에서 뒹굴었으면.

　　그렇게 시작하는
　　어린 봄이 가고
　　서로의 키 크기로 다투기도 하는
　　여름도 보내다
　　이제 조금은 어엿한
　　소년의 가을을 맞다가
　　우리는 헤어지기도 하겠지.

　　그래도 또 내일은

더 무거워진 신발 끈을
의젓하게 묶을 수 있었으면,
그대들의 것으로 초록의 바람이
새 아침에 불어왔으면.

이렇게 어른이 되는 건가
궁금해 고개 들어 하늘을 쳐다보게 됐으면.
어렸던 별 반짝이며 눈동자에 어리고
새벽 종소리처럼
빙긋이 대답을 품은 세상이
이슬 한 방울로
그대 이마에 떨어졌으면.
　　　　　　－「꿈들에게」 전문

작은 꿈들을 이뤄가는 날들이길

네게
늘 향기나는 소나무 숲길로
기억될 수 있음 좋겠다
　　　　　　－「작은 꿈」 전문

조금 미워하는 것들 사이에서

더 많이 설레고 사랑하며

슬프지 않은 꿈을 껴안고

살고 싶을 뿐.

　　－「아주 작은 꿈」 부분

　삶이라고 거창하게 표현하긴 그렇고 살면서 그럭저럭 생의 한 구비 산자락 애써 넘어 돌듯 지나와 걸음 잠시 멈추고 지나온 풍경 뒤돌아 보며 한숨 쉬려는 차에 제발 만나지 말았으면 하는 사람이 있지 조금 먼저 오른 듯 지켜보던 이가 다 온 줄 알았지 아직 멀었어 기운빠지는 조롱의 말투로 진정으로 상관하지도 않으면서 참견하는 체하는 사람 말이야 그런 이보다는 예까지 오느라 고생했구려 물 한 모금 하시게 따뜻한 눈길 보내는 사람 구비 돌아 만나게 됐으면 좋겠어 조금 더 욕심을 부리자면 구비 넘어가니 기다리고 있는 샘물 같은 사람이 너였으면 얼마나 좋을까

　　－「아주 아주 작은 꿈」 전문

　「작은 꿈」은 첫시집, 「아주 작은 꿈」은 두 번째 시집, 「아주 아주 작은 꿈」은 이번 시집 마지막에 수록된 시들이다. 앞

의 두 시에서 시인 자신이 '향기 나는 소나무 숲길 같은 사람', '더 많이 설레고 사랑하며 슬프지 않은 꿈을 껴안고 사는' 사람을 꿈꿨다면 이번 시집에서는 따뜻한 눈길을 보내는 사람, 그리고 샘물 같은 사람을 만나고 싶다고 '너'에게 바람을 드러낸다. 슬프고 그립던 '너'를 만나 생의 한 구비 넘어온 자리에서 물 한 모금 나눌 수 있기를 소망하고 있다. 따뜻한 슬픔과 깊은 속울음을 견디며 꾸는 그의 「아주 아주 작은 꿈」이 이뤄지기를 나도 간절히 바란다.